LE

DOIGT DE DIEU

POÉSIE

PAR

Paul BELLEUVRE

> Oui ce monde, Seigneur, est vieilli pour ta gloire,
> Il a perdu ton nom, ta trace et ta mémoire,
> Et pour les retrouver, il nous faut, dans son cours,
> Remonter flots à flots le long fleuve des jours,
>
> Change l'ordre des cieux qui ne nous parle plus,
> Lance un nouveau soleil à nos yeux éperdus
> Viens, montre toi toi-même et force-nous de croire
>
> LAMARTINE (*Méditations* Dieu)

ANGERS

IMPRIMERIE P. LACHÈSE, BELLEUVRE ET DOLBEAU

13, Chaussée Saint-Pierre, 13.

1873

LE DOIGT DE DIEU

> Oui ce monde, Seigneur, est vieilli pour ta gloire,
> Il a perdu ton nom, ta trace et ta mémoire,
> Et pour les retrouver, il nous faut dans son cours,
> Remonter flots à flots le long fleuve des jours,
>
> . . . .
>
> . . .
>
> Change l'ordre des cieux qui ne nous parle plus,
> Lance un nouveau soleil à nos yeux éperdus
> Viens, montre-toi toi-même et force-nous de croire
>
> LAMARTINE (*Méditations* Dieu)

I.

Lorsque Dieu secouant la poudre du vieux monde,
Résolut d'y semer sa parole féconde,
Quand il fallut enter, sur ce tronc vermoulu,
Le gentil que sa voix d'avance avait élu,
Pour sauver nos aïeux, parmi les filles d'Ève,
Il permit que l'amour accomplît ce grand rêve
Et voulut qu'une sainte, épouse d'un roi Franc,
Fît jaillir la lumière au front du mécréant :
Clovis chancelle,.. il prie... et, qu'il nous en souvienne,
La foi lui rend la gloire, et la Gaule est chrétienne :

De là son droit d'aînesse et son suprême bien !
Dieu pourra l'éprouver, mais ce peuple est le sien.
Sur son berceau battu par les flots de la terre
Se penche avec douceur le regard de son père,
Tout fait place à ses pas sur le globe interdit,
Avec le nom du Christ son nom plane et grandit ;
Il s'élance, il étend en tous lieux ses phalanges ;
Lorsqu'il combat, il semble entouré de tes anges,
Seigneur ; nul ne soutient la flamme de ses yeux,
Et pour lui tout se peut, même le merveilleux !!!
Enivré de succès, s'il péche, s'il s'égare,
A son front radieux si le sang du barbare
Monte encor ; dans son cœur si le flambeau divin,
Au vent des passions, s'obscurcit ou s'éteint,
S'il se souvient parfois de son antique idole,
S'il se fait meurtrier, s'il manque à sa parole,
S'il se souille devant l'univers étonné...
Un mot de repentir... l'aveugle est pardonné !
Même dans ses erreurs, sous ta puissante égide,
A ses destins de loin ta sagesse préside,
Le Vandale est absous, et tu vois dans les plis
De sa robe germer Robert et saint Louis.

Le pénitent, un jour, se nomme Charlemagne [1],
Il domine la Saxe et brave l'Allemagne ;
Hier tu le créais, et déjà, cet enfant
Peut devenir demain l'empereur d'Occident ;
Tout recherche l'appui de sa vaillante épée ;
Dans son domaine étroit la papauté frappée

[1] Allusion au massacre des Saxons pendant une trêve, reste des mœurs barbares

L'appelle... le Lombard insulte l'Exarchat,
Et pour le délivrer il suffit d'un combat;
Le monde est à nos pieds, et la grande puissance,
L'arbitre de l'Europe, à cette heure, est la France;
Plus il se fie à Dieu, plus ce pouvoir est fort,
Il tombe en devinant les corsaires du Nord.
Quand le géant se couche et se voile la face,
L'horizon se noircit... Déjà tout nous menace,
Devant l'envahisseur nous sommes à genoux,
Mais le regard de Dieu veille toujours sur nous.

Près d'un siècle à subir de honte et d'incendie!
Le ciel avec l'azur va nous rendre la vie;
A des fils parfois même oublieux de son nom
Il réserve toujours Eudes ou Gédéon!
Oui, toujours l'arc-en-ciel est près du météore,
Quand, déluge vivant, l'ambition du Maure
S'élevait jusqu'à nous, avant le coup mortel
Il avait fait surgir ou Roland ou Martel.

Un jour, un roi voisin qui nous devait hommage,
Comme duc, envieux et las de ce servage,
Préférant la conquête à la soumission,
Trouve en son chartrier le droit d'être félon;
Rien ne l'arrêtera, tout tombe sous sa chaîne,
Ou sous son fer, hélas! et le sort qui l'entraîne,
Lui livrera le roi, les princes et les grands,
Connétable, barons, nos villes et nos champs,
Provinces, marquisats, fiefs... tout va disparaître,
Nul vestige demain ne restera peut-être
De ce qui fut la France; et pour comble d'horreur,

Une main parricide accueille le vainqueur
Et la trahison ouvre un sol qu'on se partage...
Ah ! ce n'est plus, ce jour, à lui de rendre hommage...
Sans miracle, grand Dieu, rien ne nous sauvera...
Eh bien ! vous le ferez et Jeanne d'Arc naîtra !!!

II.

Pourquoi donc quand un autre orage
Lance la foudre autour de nous,
Ne rêvant que mort et naufrage
Se lamenter comme des fous?
Ainsi qu'en la barque de Pierre,
Laissons ce puéril émoi
Et cette tremblante prière
Aux disciples de peu de foi.

Quel est le ciel, quels sont les âges
Où la foudre ne gronda pas?
Quelles sont les mers et les plages
Vierges du deuil et du trépas?
Quel peuple a vécu sans tempête ?
Quel drapeau, quelle nation
Connut la gloire sans défaite,
La paix sans révolution ?

Quel lion n'a pas lieu de craindre
Le chacal et le léopard ?
Quel astre aurait lieu de se plaindre
Ou de l'éclipse ou du brouillard ?

L'aigle dont l'ardente prunelle
Fixe le soleil à midi,
Sous le trait qui perce son aile
Peut s'endormir loin de son nid.

Qui sait d'ailleurs ce que Dieu cache
Sous les sanglots et les douleurs?
Fait-on disparaître une tache
Avec le miel et les saveurs?
Ne nous défions pas sans cesse
De l'épreuve et de la leçon,
Mon Dieu, si le fer qui nous blesse
Ne prend au cœur que le poison!

A des destins encor plus sombres
Si nos pères ont survécu,
Nous apprendrions de leurs ombres
Que le calme leur fut rendu;
Qu'ils purent récolter la gloire
Aux champs arrosés de leurs pleurs
Et que l'éclat de leur mémoire
Est dû peut-être à leurs malheurs,

Ils ont pu voir la lutte immense
D'un monarque et de ses féaux,
Plus de force et plus de puissance
Jaillir de principes nouveaux;
D'un perfide et sombre génie
Ils ont eux-mêmes profité
Et leurs fils ont vu la patrie
Conquérir sa grande unité.

Une splendeur nouvelle inaugure un autre âge :
La nation se forme et règle son langage ;
Cette aurore, Boileau l'a peinte d'un seul trait ;
Du Bellay déjà songe et Ronsard apparaît ;
Titien peint François, les maîtres d'Italie
Jettent dans nos palais une nouvelle vie
Et l'art grec travesti, sur tous nos monuments
Promène les contours de ses rinceaux charmants.
Tout renaît... et ce mot résumera l'époque ;
Guise l'ambitieux médite sous sa toque ;
Siècle trop fortuné s'il n'eût produit Luther,
Ange orgueilleux sans doute échappé de l'enfer.
Voici donc l'examen, le doute, la réforme,
Mouche dorée encore et plus tard monstre énorme,
Triste et premier drapeau de la révolte, hélas !
La révolte, vautour qui ne s'arrête pas !
Pour la première fois la discorde est la reine,
De scrupule on se prend d'abord et puis de haine,
On devient criminel chacun de son côté
Et le sang coule au nom du Dieu de vérité.
Prosternons-nous, Seigneur, voilons-nous le visage ;
Cruels, funestes jours, plus funeste présage....
Mais à travers ces champs de fureur et de mort,
Dieu soutient la patrie et lui dit : marche encor !

III.

Déjà le grand siècle se lève
Et l'astre sort des flots du temps ;
Comme l'alcyon sur la grève
Il laisse passer les autans.

Il nous montre le blond visage
De ce monarque radieux,
Délicat et tendre par l'âge
Et par instinct impérieux.

Tantôt il joue à la bataille,
Tantôt résiste au Parlement,
Tout l'admire, mais tout tressaille
A son premier commandement !
Pour souhaiter sa bienvenue,
A ce brillant et jeune roi
Déjà la France tout émue
Présente Fribourg et Rocroy.

Qui lui dirait quand tout l'entraîne,
Que le vieux Louvre, une autre fois,
Verrait s'abreuver dans la Seine
Les cavales du Bavarois ;
Charlemagne revoit sa France,
Du ciel il sourit au vainqueur
Et le grand Roi, dans sa puissance,
Se souvient du grand empereur.

Les voluptés, les mélodies
Autour de ses nombreux exploits,
Tous les talents, tous les génies
Mêlent leurs concerts et leurs voix.
La poésie et la doctrine,
Du grand Corneille à Massillon,
De Molière au pieux Racine,
De la Fontaine à Fénelon !

Mais tout gravite et meurt, suivant la loi divine;
Ce soleil déjà tourne au couchant et décline,
Le monde entier fermente et cherche d'autres lois ·
La réforme s'assied sur le trône des rois.
La féodalité n'est plus leur ennemie,
La Circé qui va naître est la philosophie;
Elle adresse d'abord à cette royauté
Les purs accents du droit et de la vérité...
On s'unit, on s'embrasse à la nouvelle aurore,
Et puis, on se divise, on lutte, on se dévore.
Mirabeau, Tollendal, déjà ne sont plus là;
Le peuple est souverain... La royauté s'en va
Et meurt!!! .. Hélas! comment décrire
Cette longue agonie et cet affreux martyre
Et ces longs appétits de l'échafaud sanglant,
Rocher où tout échoue et se brise en mourant;
Odieux sacrifices, absurdes hécatombes
Où rang, culte, vertu, talents, trouvent leurs tombes,
Où l'on n'épargne rien, faiblesse ni beauté,
Devant un tribunal où tout est suspecté.

IV.

Oh Révolution! oh fureur inouie....
Et c'est toi dont la main punit la tyrannie!
Où donc est le tyran qui commit tes forfaits?
Quelle est ta liberté... sur les marches du trône
Quand le tribun soldat en ton nom se couronne?
Ah! ton égalité ne vit que dans la mort;
A quoi bon tes excès s'ils font des rois encor?

Jamais ta tâche n'est finie,
Toujours il se trouve un génie
Prêt à se jouer de tes lois;
Et qui s'aimant plus que toi-même,
A ta face sinistre et blême,
Saura se dresser un pavois

Mais qu'importe ce qu'il te vole,
Si chacun des tyrans immole
Ses victimes à sa façon ?
Tous deux vous leur prenez la vie ·
Toi pour nourrir ton utopie
Et l'autre son ambition.

Du moins il court à la victoire
Et sait déguiser sous la gloire
Ses crimes devant l'univers ;
Du moins son cœur est héroique ;
Ton âme est franche... mais cynique;
Lequel est donc le moins pervers ?

Ce qu'il comptait pour un trophée
Aux vivats de la grande armée,
Arcole, Austerlitz, Iena...
Au prix de notre sacrifice ;
Qui sait un jour dans sa justice
Comment le ciel l'appellera ?

A l'heure de la décadence
Prisonnier d'une autre puissance,
Jouet d'une autre nation,

Qui sait si la honte ou l'outrage
Dont il gémissait avec rage
Ne fut pas l'expiation ?

Qui sait, à des lueurs certaines,
Si le fantôme de Vincennes
Et le spectre de Ferdinand,
Sous la douleur qui les afflige
N'effaceront pas le prestige
Du Thabor et de Friedland ?

Un jour il est tombé, toi rien qui te retienne
Il a fini sa tâche et tu poursuis la tienne :
Sans cesse tu péris, sans cesse tu renais...
Peu t'importent les fruits, les douceurs de la paix
Et l'ordre et le repos, les arts et l'industrie ;
Tu laboures toujours le sol de la patrie,
Non pour le féconder, mais, dans ton triste sort,
Eternel fossoyeur, pour y semer la mort !

V.

Dans ta marche boiteuse et ton horrible histoire
Le peuple quelque temps, sans doute, a pu te croire,
Sous ton triste étendard, malgré ta cruauté,
Ton premier règne encore est une vérité :
Après les torts des grands, après les injustices,
Tu pouvais t'égarer et prendre les supplices
Un jour pour le remède... et te dire il le faut...
Et te faire une foi du moins de l'échafaud ;

Malgré l'atrocité mêlée aux Saturnales,
On peut trouver parfois, en fouillant tes annales,
Un héroique effort et certaines grandeurs,
L'amour de la patrie au moins au fond des cœurs,
Certains faits par instant qu'on excuse ou pardonne ;
Oui c'est un juste aveu qu'on te doit, qu'on te donne,
Il laisse encore assez d'infamie en retour...
D'ailleurs Dieu jugera le reste au dernier jour !

Puis sous le voile du mensonge
Ta République comme un songe,
Vint nous surprendre une autre fois ;
Elle ne fut pas sanguinaire
Et sans génie et sans colère
Elle n'immola que des lois.

Dans le pays nul ne l'appelle
Au devoir la cour est fidèle
Et le roi n'est qu'un citoyen ;
Mais dans les banquets et les fêtes,
Pour les scribes et les prophètes
Elle était le suprême bien.

Pauvre liberté ! tu chemines ,
Plantant des arbres sans racines
Auprès d'ateliers sans travaux ,
Le peuple-roi, pour apanage,
Reçoit l'universel suffrage,
Ton effroi dans les jours nouveaux.

Il était alors sur la terre
Pour ton édifice éphémère

La couronne du monument ;
La manne fraternelle et tendre
Qui longtemps s'était fait attendre ;
Oh ! qu'en fais-tu dans ce moment ?

Non tu n'as laissé qu'une chose
Noble, sublime, grandiose,
Un mot qui vaudra tout un chant...
Digne de sa lyre divine...
La parole de Lamartine
Jetée à ce drapeau sanglant.

Va, pars sous la honte et le rire,
Tu nous épargnas le martyre,
Mais sans enfanter un héros,
Trop heureux dans un jour plus sombre,
A nos fils si ta main, dans l'ombre,
N'avait préparé d'autres maux !...

VI.

Et nous qu'avons-nous fait? nous ce peuple de France,
En qui le Ciel mettait toute sa complaisance,
De l'Église en tout temps les soutiens, les aînés,
En quelle voie un jour sommes-nous entraînés ?
O révolution ! du moins dans ton délire,
Tu cours les yeux fermés et sans savoir pourquoi,
Suivant la passion, le démon qui t'inspire...
Nous, nous marchions avec la foi !

A quoi bon t'insulter ? de quoi venir nous plaindre ?
De César ou de toi quel est le plus à craindre ?
Lequel aura dressé l'autel le plus menteur ?
Qui nous aura porté le dernier coup au cœur ?
Oui, tu nous as trompés : tu n'es qu'un faux prophète...
Mais si ton fer, souvent, menaça notre front,
Si ta main fit planer la mort sur notre tête...
César y fit jaillir l'affront !

Depuis longtemps déjà la morne indifférence
De notre ciel d'azur troublait la transparence,
Et les brouillards du doute, aux perfides vapeurs,
Dans l'oubli du devoir semblaient noyer nos cœurs ;
Depuis longtemps chacun dans une fièvre impie
Sentait comme autrefois osciller sa raison,
Aux accents d'Epicure, aux refrains de l'orgie
Dans un délétère horizon !

Depuis long temps déjà, l'insatiable idole
Du veau d'or, de l'orgueil, de la volupté folle
Egarant nos esprits, fascinait nos regards...
L'envie autour de nous jetait ses yeux hagards,
Et lui-même César, de ces forfaits complice,
Disait au scepticisme : Allez, allez toujours,
Et lui-même César buvait dans ce calice
A ses périssables amours !!!

L'Évangile en entier n'est qu'une parabole,
Judas toise Jésus et se croise les bras ;
On l'applaudit, il parle et devient chef d'école ;
Tel autre dit que Dieu pourrait bien n'être pas.

L'empire seul est grand ! et grandir est son rêve,
Le monde tant de fois nous a crié : merci !
Qui peut nous résister ? César tire son glaive...
Mais Dieu prenait son glaive aussi.

Pour la première fois ce Dieu bravé se venge
D'un peuple généreux qu'il avait tant aimé,
Contre nos légions il enverra son ange,
L'ange exterminateur de son courroux armé ;
L'Europe voit tomber cet éphémère empire,
Comme le grain fauché tombe sous le fléau
Et pour nous écraser, dans sa colère, il tire
Du Nord un Attila nouveau.

VII.

Berlin dont se courba la tête
Sous le poids de notre conquête
Dans nos jours de prospérité,
Comme un vautour guette sa proie,
Depuis épia notre joie
Riant de notre cécité.

En vain dans notre capitale
A sa noble et grande rivale
Elle avait ramené des rois ;
Ce n'était pas là la vengeance.
Elle n'avait pas vu la France
Gémir et plier sous ses lois.

Au front elle portait encore
Cette tache qui déshonore,
Cette tache qu'il faut laver,
Qu'imprime une main étrangère
Et qu'on ne lave sur la terre
Que dans le sang de l'étranger.

Comme un champion dans une passe
Voit le défaut de la cuirasse
Sur un acier étincelant,
Entre nos folles allégresses
Elle étudia nos faiblesses,
Mais avec un regard plus lent.

Dans cette soif qui la dévore
Et que le temps aiguise encore,
Elle fait mieux, elle fait plus·
Toujours elle songe et médite
Les fautes avec le mérite,
La défaillance et les vertus.

Le temps viendra... rien ne la presse,
Elle nous flatte et nous caresse,
Sa voix nous exalte souvent ;
A sa caresse l'on se fie,
On la prendrait pour une amie,
Pour une sœur... c'est un serpent.

Que notre pied marche ou recule,
En pleine paix elle calcule,
Mesure chacun de nos pas ;

Et nous vient-il une pensée
Que sa haine habile et censée
D'un œil jaloux n'observe pas ?

Pour écraser notre patrie,
Des lois de la chevalerie
Son âme n'a pas la fierté ;
Pour se composer un empire
Volontiers son glaive en déchire
Le Code autrefois si vanté.

Elle nous suivit comme l'ombre,
Mais son génie est dans le nombre
Et dans les engins meurtriers ;
Un jour si sa main nous enchaîne
Il faudra des feuilles de chêne
A son front, mais non... des lauriers.

Pour vaincre elle se fait barbare,
Quand tout nous trompe et nous égare,
Elle a tout conçu, tout construit ;
Et de sa main puissante et fière
Elle amoncelle la matière
Qui nous mutile et nous détruit.

A quoi bon, chère et noble France,
Tes prouesses et ta vaillance ?
L'héroïsme ne compte plus.
Reischoffen sert à leur mémoire ;
Il ne peut rien pour notre gloire...
Mais quel beau nom pour des vaincus !

Où donc trouver la gloire pure ?
Où sont, dans ces jours de souillure,
L'opprobre et le signe infamant,
S'il suffit, pour sa renommée,
Au front d'une masse acharnée
De la hache de Gengiskan !

Souffrons... peut-être une autre aurore
Suivra ces fastes qu'on abhorre,
Où nos rêves furent déçus,...
Ce jour-là, quand les deux armées
Auront mesuré leurs épées,
La vaillance aura le dessus.

VIII.

C'est ici qu'on voudrait arracher à l'histoire
Et sa voix vengeresse et son fatal burin ;
C'est ici qu'on voudrait soustraire à la mémoire
Des générations le verdict du destin.
Ce que dira l'histoire, annales d'aucune ère
Ne l'ont jamais écrit pour aucun peuple, hélas !
Attends, attends encore, ô muse, il faut te taire,
Attends... on ne te croirait pas !

Quand tout n'est parmi nous que trouble et défaillance,
Aux Vandales nouveaux qui déchirent la France
Quand tous, chefs et soldats, ministres, souverain
Nous livrent affolés en se donnant la main,
Quand de stupides bras, agents d'un cœur de pierre

Brisent en se jouant et, fleuron par fleuron,
La couronne d'honneur, l'étoile séculaire
Qui rayonnait à notre front ;

Quand pour nous dépouiller de ce passé sublime,
On pense nous plonger dans un oubli profond,
Quand sous nos pas on voit déjà s'ouvrir l'abîme
Qui peut ensevelir jusques à notre nom ;
Quand on veut pour jamais effacer de ce monde
Ce peuple de héros, tant de fois triomphant
Et pour mieux étouffer cette sève féconde
Nous replonger dans le néant ;

Quand le hulan brutal injurie et soufflète
L'étendard qui flottait au souffle du Très-Haut,
Quand sa main vient jeter l'affront à cette tête
Qui se montrait si fière et se tenait si haut ;
Quand tout nous envahit, nous meurtrit, nous épuise,
Quand sur ce ciel chéri s'étend un voile épais,
Quand sur notre blason le burgrave se grise
Pour dicter de nouveaux forfaits,

Qui pourra croire qu'à cette heure
Où le monde gémit et pleure
Sur ce Paris agonisant,
Ses propres enfants en démence
Près du drapeau de la défense
Aient levé le drapeau du sang ?

Ah ! toujours, toujours cet emblème,
Sombres batailleurs au teint blême,
Hommes altérés de combats,

Hé quoi ! vous voyez votre mère
Se tordre en cette lutte amère,
Et vous ne la défendez pas !

Vous allez, poursuivant vos rèves,
Joignant vos poignards à ces glaives
Qui nous broyent en ce moment ;
Et joyeux de tous nos mécomptes,
Vous applaudissez à nos hontes,
A votre propre abaissement !

Que l'on nous tue à la frontière,
C'est bien, c'est le droit de la guerre ;
Vous opprobre des nations,
Vous assassinez, plus barbares
Que les Goths et que les Avares
De toutes les invasions !

Vous venez unir votre haine
A la rage qui les entraîne
Contre l'Europe et contre nous,
Votre orgueil à leur gloriole,
Votre pétrole à leur pétrole,
Votre courroux à leur courroux !

Puis, vous nous appelez vos frères
Avec vos instincts sanguinaires !!!
Votre égoïste passion,
C'est vous... et vous n'en avez qu'une,
Non... vous n'êtes pas la Commune...
Vous êtes la division !

Pour arriver rien ne vous coûte ;
Du moins le but de votre route,
L'univers aujourd'hui le sait,
Du moins on vous suit à la trace :
Vous ne couvrez plus votre face
Du masque qui vous déguisait.

Vous ne trompez plus la patrie :
Vous laissez toute théorie
Sur le bien de l'humanité;
Vous arborez votre bannière
Et pour votre âme meurtrière
La terreur... c'est la vérité.

Oui, dans vos atrocités folles,
Les actes suivent les paroles
Et la mort suit la trahison ,
Et tel est votre brigandage
Que la France dans son langage
Pour vous flétrir n'a plus de nom.

Vous avez le nom sur la terre
De quiconque immole sa mère...
Le ciel vous appelle autrement.
Devant la divine balance
Que tient sur nous la Providence
Vous vous nommez le *châtiment*.

IX.

Le châtiment ! voilà le secret de nos larmes.
Hélas ! Dieu contre nous tourne toutes ses armes,
Il nous renverse au pied de nos autels nouveaux ;
Mais Attila n'est pas le plus grand des fléaux :
Nous avons à livrer de plus sombres batailles,
Nos plus grands ennemis sont nos ressentiments,
Oh ! ma belle patrie ! et ce sont tes enfants
Qui préparent tes funérailles !

Dieu pouvait nous briser en ce fatal moment;
A travers sa rigueur il veut être clément
Encore cette fois ; pour nous réduire en poudre
Il ne lui fallait plus qu'un dernier coup de foudre ;
Sur nos fronts consternés son bras est suspendu,
Il nous permet d'entrer dans une nouvelle ère,
Toute leçon renferme un avis salutaire...
Ah ! du moins qu'il soit entendu !

Marchons avec sa loi vers d'autres destinées,
Déposons à ses pieds nos aigles profanées,
Nos étendards souillés, notre orgueil abattu ;
La gloire s'est enfuie avec notre vertu,
La foi seule rendra son éclat à la France,
Laissons-là nos erreurs, nos haines, nos transports
Et faisons succéder aux antiennes des morts
L'hymne sacré de l'espérance !

Pourquoi désespérer? pourquoi? dans son passé
Le pays fut parfois encor plus menacé,
Il ne fut plus qu'un point, il ne fut plus qu'une ombre,
Dieu fit jaillir l'éclair de ce nuage sombre.
Pour lui rendre l'honneur et la prospérité,
A ces mêmes destins peut-être il nous convie,
Avec plus de ressort il nous laisse la vie :
Vivons pour la postérité !

L'épreuve fut pour nous, sans doute c'est pour elle
Ramenée à l'union, au devoir plus fidèle
Que le ciel montrera le signe du pardon ;
A nos neveux le soin de laver notre nom !
Rappelons-nous jadis que Bourges fut la France,
Et déjà qu'en ces jours de pleurs, de dénûment,
Versailles constellait de son rayonnement
L'horizon de la Providence !

Nos fils ont l'avenir, pourquoi désespérer ?
A nous de les instruire et les régénérer !
Abaissons notre front, comme fit le Sicambre;
Devant la vérité portons la myrrhe et l'ambre ;
Déjà le pays libre a payé sa rançon,
Nous pouvons être fiers de son crédit immense ;
Nous pouvons respirer, faisons notre semence,
Le temps viendra de la moisson.

Notre dernier sanglot retentissait encore
Et le dernier hulan dormait auprès de nous,
De l'arche du pardon quand le ciel se colore...
La France est tombée à genoux !

C'est toute une croisade aux autels de Marie...
Un vague espoir s'allume au cœur du pèlerin ;
La foi renaît : chacun s'accuse, chacun prie
Celle que nul n'implore en vain !

Le cri du repentir que Dieu semblait attendre
Est monté vers son cœur, et l'esprit en descend ;
Nous ne pouvions hier dans Babel nous comprendre :
Tout cède à ce souffle puissant.

La raison se fait jour... il nous fallait des hommes...
Hélas ! ils étaient tous sans courage et sans voix,
Dieu voulut nous montrer sans lui ce que nous sommes :
Par lui tout renaît à la fois :

Eloquence et valeur, dévouement et génie ;
On respire, on revoit la gloire à l'horizon ;
Si Catilina veut nos biens et notre vie,
Nul ne lui donnera raison !

Dieu l'aveugle à son tour, lui comme ses sicaires ;
Il rêve en liberté, méditant dans son lit
Ses perfides desseins, mais ils sont éphémères
Et sa tombe est son discrédit.

Tout change autour de nous sous un pouvoir magique;
Un prince d'Orient, l'Araschild d'aujourd'hui,
Arrive confiant en notre République,
De nos escadrons ébloui.

Vous... des républicains, dit-il, au cœur féroce!
Comment le supposer avec vos airs courtois ;
Si c'est votre nom, soit; mais la légende est fausse,
Vous n'êtes que des fils de rois!

Vous reverrez vos rois, a dit, même, un prophète...
Sans sonder l'avenir, jouissons du pardon,
La paix avec le ciel vaut bien une conquête
En attendant un autre don!!!

Extrait des Memoires de la Societe d'Agriculture, Sciences et Arts d'Angers, — 1873.

ANGERS, IMP. P. LACHÈSE, BELLEUVRE ET DOLBEAU.

www.ingramcontent.com/pod-product-compliance
Ingram Content Group UK Ltd.
Pitfield, Milton Keynes, MK11 3LW, UK
UKHW020408250726
13967UKWH00006B/2530

9 782013 041188